Kein Zweifel – der ältere polnische Herr, der am Ostersonntag an der Theke der Eckbar »Segafredo« in Rom einen Prosecco nach dem anderen trank, war kein Geringerer als der Papst. Er, der Lokalreporter Peter Maski, hat mit ihm geredet, eine geschlagene Stunde lang. Und Karol Wojtyla hat kein Blatt vor den Mund genommen ...

Robert Gernhardt, 1937 geboren in Reval/Estland, studierte Malerei und Germanistik in Stuttgart und Berlin. Er lebt als freier Schriftsteller, Maler, Zeichner und Karikaturist in Frankfurt am Main. Als Fischer Taschenbuch sind von Gernhardt außerdem erschienen: die Gedichtbände ›Wörtersee‹ (Bd. 13226), ›Besternte Ernte‹ (mit F. W. Bernstein, Bd. 13229), ›Körper in Cafés‹ (Bd. 13398), ›Weiche Ziele‹ (Bd. 12985), ›Lichte Gedichte‹ (Bd. 14108) und ›Berliner Zehner‹ (Bd. 15850); der Roman ›Ich Ich Ich‹ (Bd. 16073), das Lese- und Bilderbuch ›Über alles‹ (Bd. 12985) sowie ›Die Wahrheit über Arnold Hau‹ (mit F. W. Bernstein und F. K. Waechter, Bd. 13230), ›Die Blusen des Böhmen‹ (Bd. 13228), ›Glück Glanz Ruhm‹ (Bd. 13399), ›Es gibt kein richtiges Leben im valschen‹ (Bd. 12984), ›Hört, hört! Das WimS-Vorlesebuch‹ (Bd. 13227), ›Lug und Trug‹ (Bd. 16074), ›Wege zum Ruhm‹ (Bd. 13400), ›In Zungen reden‹ (Bd. 14759), ›Der letzte Zeichner‹ (Bd. 14987), ›Erna, der Baum nadelt!‹ (Bd. 15767), ›Die Falle‹ (Bd. 15786) und ›Herz in Not‹ (Bd. 16072).

Robert Gernhardt wurde mit mehreren Preisen ausgezeichnet, u. a. mit dem Preis der Literatour Nord, dem Bertolt-Brecht-Preis, dem Erich-Kästner-Preis und dem e. o. plauen-Preis. Informationen zum Werk bietet der Band ›Alles über den Künstler‹ (Bd. 15769), herausgegeben von Lutz Hagestedt. Zuletzt veröffentlichte Robert Gernhardt im S. Fischer Verlag den Gedichtband ›Im Glück und anderswo‹.

Unsere Adresse im Internet: www.fischer-tb.de

Robert Gernhardt
Ostergeschichte

Fischer
Taschenbuch
Verlag

Die Ostergeschichte wurde 1986 in Rom geschrieben und erschien zuerst in
›Der Rabe – Magazin für jede Art von Literatur‹, Nummer 17.
Sie beruht auf Tatsachen, zumindest gilt das für die zeitgeschichtlichen
Zusammenhänge und für die Vorgänge auf dem Petersplatz.
1995 wurde der Text vom Verfasser durchgesehen und bebildert.

Neuausgabe
Veröffentlicht im Fischer Taschenbuch Verlag GmbH,
einem Unternehmen der S. Fischer Verlag GmbH,
Frankfurt am Main, März 2004

© by Robert Gernhardt 1995
Alle Rechte vorbehalten S. Fischer Verlag GmbH, Frankfurt am Main
Satz: Pinkuin Satz und Datentechnik, Berlin
Druck und Bindung: Clausen & Bosse, Leck
Printed in Germany
ISBN 3-596-16071-5

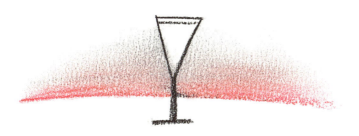

»Das glaubt mir kein Mensch! Wahnsinn!« Seit zehn Minuten schon war sein Gesprächspartner gegangen, doch Maski konnte sein Glück immer noch nicht fassen. Das ihm! Das mußte gefeiert werden! »Noch un … uno …«, er wies eindringlich auf sein leeres Glas, mürrisch holte der Barmann die Prosecco-Flasche aus dem Kühlschrank und schenkte ein. Randvoll, wie es hier der Brauch zu sein schien, da der schweigsame Alte auch all die vorhergehenden Gläser randvoll eingeschenkt hatte. Oder war es die unaufdringliche Autorität des Gesprächspartners gewesen, die den Barmann derart großzügig hatte einschenken lassen? Und hatte sich etwas von dieser Ausstrahlung auch auf Maski übertragen, auf ihn, den Provinzjournalisten, der immerhin zwei geschlagene Stunden mit ihm, dem Stellvertreter Christi auf Erden, geredet hatte? Freiweg geredet, querbeet, über Gott und die Welt sozusagen?

Maski schaute sich um. Außer einem bärtigen Greis, der über seinem Plastiktischchen eingeschlafen war, dem Barmann, der gelangweilt die Espresso-Maschine reinigte, und der gähnenden Kassiererin war niemand in dem kahlen Raum. Und außer ihm natürlich, Peter Maski, der nun fieberhaft in den Innentaschen seines Jacketts nach Kugelschreiber und Notizblock suchte. Da!

Hoffentlich schließen die nicht gleich, dachte er und: Hoffentlich kriege ich das alles noch zusammen, und: Das glaubt mir kein Mensch! Wahnsinn!

Erleichtert nahm er wahr, daß ein später Kunde eintrat und den Barmann ins Gespräch zog, rasch nahm er an einem der lieblos im grell erleuchteten Lokal verteilten Tischchen Platz, schon hatte er die ersten Worte hingeschrieben, »Ich wäre wohl niemals auf die Idee gekommen, zu Ostern nach Rom zu fahren, aber meine Frau« – da merkte er, daß es so nicht ging. Viel zu privat im Tenor, vollkommen ohne Biß in der Schreibe, überhaupt nicht die Story, die er erzählen wollte, nein: erzählen mußte!

Aufgeregt fuhr sich Maski durch die Haare, selbstvergessen biß er sich in die Hand. Der

Selbstvergessen biß er sich in die Hand.

Schmerz ernüchterte ihn. Nein, er träumte nicht, und er hatte die vergangene Stunde ebenfalls nicht geträumt. Er, der Lokalreporter Peter Maski, hatte mit dem Papst geredet, und der, Karol Wojtyla, hatte dabei kein Blatt vor den Mund genommen. Er hatte vielmehr – ja, was hatte er eigentlich alles gesagt? Maski setzte erneut an:

»Wer jemals zu jenen Glücklichen gezählt hat, die dem Ostergottesdienst des Papstes auf dem Petersplatz beiwohnen durften, der« – wieder stockte er. Das klang denn doch verteufelt nach dröger Allerweltsgeschichte, nach touristischem Stimmungsbericht und religiösem Feuilleton, während er doch eine knallharte Story zu verkaufen hatte, und was für eine! Eine, die viel zu schade war für das ›Wetzlarer Tagblatt‹, bei welchem er arbeitete, eine, die eigentlich in den ›Stern‹ gehörte oder gar in den ›Spiegel‹. Ja – warum denn nicht den ›Spiegel‹? Er müßte die Geschichte lediglich astrein auf den Punkt bringen, das war das Problem. Das Drauflosschreiben mochte beim ›Blättche‹ gerade noch angehen, beim ›Spiegel‹ war supercoole Profischreibe angesagt. Und in Gedanken ging er daran, erst einmal all das auszusortieren, was

9

an Facts nicht unbedingt in die Story gehörte: Daß er, der Protestant, auf Bitten seiner katholischen Frau seinen einwöchigen Osterurlaub in Rom verbracht hatte, daß er nur widerstrebend mit ihr zur Ostermesse auf den Petersplatz gegangen, dann aber doch von dem ihm so fremden Schauspiel beeindruckt worden war, daß er am Abend des durch Besichtigungen ausgefüllten Ostersonntags noch irgendwo einen Schluck hatte trinken wollen, während seine Frau –

Maski überlegte. Wie war das denn gelaufen? Erst hatten sie in dieser Trattoria in der Nähe der Piazza Navona gegessen, dann hatte er seine Frau auf die andere Tiberseite gebracht, bis zum kleinen Hotel direkt gegenüber der Vatikan-Mauer, und dann war er noch mal losgezogen.

Losgezogen? Na ja. Die meisten Bars hatten am Ostersonntag geschlossen, und so war er in diesem tristen Ecklokal gelandet, auf einen Absacker, länger wollte er sich in dieser ungemütlichen Bar nun wirklich nicht aufhalten – doch dann war es passiert.

»Ich hatte gerade gezahlt, als der Papst reinkam«, schrieb Maski, strich das Geschriebene jedoch sofort wieder durch. Derart flott und ohne alle Vorausinformation ging es nun auch wieder nicht. Als jemand, der den Journalismus von der Pike auf gelernt hatte, wußte er um die Wichtigkeit der vier großen W's, die zu Beginn eines Berichts zuallererst geklärt werden mußten: Wann, Wo, Wer, Was. Vollkommener Unsinn, die Story sofort druckreif runterschreiben zu wollen! Ja, war er denn ein blutiger Anfänger? Erst mal mußte er die Facts notieren, Herrgottnochmal! Also:

Wann? Am 30. 3. 1986, am Abend des Ostersonntags.

Wo? In der Bar – Maski verwarf den Gedanken, den Barmann nach dem Namen des Lokals zu fragen, dazu reichte sein Italienisch nicht aus, statt dessen trat er auf die Straße, um den Namen der Bar abzulesen, wurde jedoch durch die Fülle von Schildern und Bezeichnungen verwirrt, die alle ebensogut den Namen der Bar bedeuten konnten wie Reklame für unterschiedlichste Produkte, bis er fand, das Wort mit dem größten Schriftzug müsse der gesuchte Name sein –: in der Bar »Segafredo«.

Wer? Also erst mal er, Maski, doch das war ja klar. Vor allem aber der andere, dieser gutaussehende ältere Herr, der am Abend dieses Ostersonntags um 21 Uhr 30 diese Bar betreten und dem Barmann sogleich eine Bestellung zugerufen hatte. Und der sich darauf an Maski wandte und ihm, der gerade zahlen wollte, eine Frage stellte.

»Non ... non ...«, Maski zuckte mit den Achseln, »Tedesco«, fügte er fast entschuldigend hinzu.

»Ah, Deutscher!« Der ältere Herr schien über die Auskunft erfreut zu sein. »Dann sind Sie der Angehörige einer großen Nation, die viele bedeutende Männer hervorgebracht hat«, sagte er in fließendem, wenn auch etwas gutturalem Deutsch. »Würden Sie mir die Ehre erweisen, Sie zu einem Gläschen Prosecco einladen zu dürfen?« Und ohne Maskis Antwort abzuwarten, bedeutete er dem Barmann, ein weiteres Glas einzuschenken. Kurz darauf standen zwei randvolle Gläser vor den beiden Männern, die einander prüfend anblickten und dann im Gleichtakt zum Getränk griffen.

»Zum Wohl!« sagte Maski etwas verwirrt, da hatte sein Gegenüber sein Glas bereits sturzartig geleert und ein zweites bestellt. Dann stützte er plötzlich die Ellbogen schwer auf die

*Dann stützte er plötzlich die Ellbogen schwer
auf die Marmorplatte der Bar.*

Marmorplatte der Bar, vergrub den Kopf in den breiten Händen und sagte auf deutsch und sehr deutlich: »Scheißspiel!« Dabei starrte er derart düster vor sich hin, daß Maski das Gefühl hatte, irgend etwas Hilfreiches sagen zu müssen.

»Läuft's nicht so recht?« fragte er.

»Läuft, läuft«, winkte der ältere Herr ab. »Das ist ja das Schlimme. Läuft alles wie geschmiert. Nicht zu fassen!« Wäre da nicht dieses gutturale Kollern gewesen, begleitet von ungewohnt langgezogenen Vokalen und einer Tendenz, auch harten Konsonanten einen fast flüssigen Schliff zu geben, man hätte den Redenden für einen Deutschen halten können.

»Sie sind kein Deutscher?« fragte Maski höflich.

»Nein, Pole. Merkt man das?«

»Na ja … Ihr Deutsch ist hervorragend. Grammatik, Wortschatz – alles prima. Nur bei der Intonation –«

»Ha!« Der Pole schlug ärgerlich auf die Bar. »Wußt ich's doch! Aber meine lieben Deutschen traun sich natürlich mal wieder nicht, den Mund aufzumachen. Wunderbar, Euer Deutsch, ganz wunderbar, Eure Heiligkeit! Anstatt daß

15

sie mir mal verraten, wie und bei welchen Worten ich meine Intonation verbessern mußte. Schleimscheißer allesamt, vor allem dieser Ratzinger!« Beim letzten Wort hatte der Pole das tz dermaßen aufgeweicht und das R dermaßen gerollt, daß Maski fast erschrocken zurückgewichen war. Doch nicht nur der Aussprache wegen. Was hatte der eben alles erzählt?

Der Pole ließ sich derweil den dritten Prosecco einschenken und bedeutete dem Barmann, er solle auch Maskis Glas wieder auffüllen.

»Nasdrowje!«

Maski war versucht, den bekannten Reim folgen zu lassen »Sagt der Pole, der Deutsche sagt Zum Wohle«, doch unerklärliche Scheu ließ ihn davon Abstand nehmen. Der da, soviel hatte er bereits begriffen, war nicht irgendwer. Aber wer war er? Irgendwie kam ihm dieses Gesicht bekannt vor. Doch woher?

Noch überlegte er, auf welche Weise er all das unauffällig und unaufdringlich in Erfahrung bringen könne, da kam ihm der Pole zuvor. »Wie heißt du denn, mein Sohn?« fragte er das Glas hebend.

»Ich? Äh …« Durch die seltsame Anrede

verwirrt, zögerte Maski etwas, ein Zögern, das sein Gesprächspartner offenbar für Ablehnung hielt, da er rasch abwinkte. »Du brauchst es mir naturlich nicht zu sagen, mein –«, wieder unterbrach er sich, dann setzte er erneut an: »Sie« – und dieses Sie wiederholte er mit deutlicher Betonung – »Sie brauchen es mir naturlich nicht zu sagen, mein Herr, Ihr Name ist selbstverständlich deine Angelegenheit –«. Wieder schüttelte er ärgerlich den Kopf und stöhnte: »Ich schaff's einfach nicht mehr, normal zu reden, nicht mal das schaffe ich mehr. Nicht zu fassen!«

Da begriff Maski, daß er einem Verzweifelten gegenüberstand, und ohne weiter auf dessen seltsame Worte einzugehen, beeilte er sich, sich vorzustellen: »Maski. Ich heiße Maski.« Erstaunt sah der Pole auf. »Das ist aber kein typisch deutscher Name!«

»Meine Familie stammt aus dem Osten.«

»Konnte direkt ein polnischer Name sein«, sagte der ältere Herr versonnen. »Kein Wunder, daß Sie mir gleich sympathisch waren! Vorname?«

»Peter«, antwortete Maski, und um dem Gespräch eine Wendung ins Scherzhafte zu geben, fügte er hinzu: »Hier in Rom hat man einen ganzen Platz nach mir benannt.«

»So?« fragte der Pole erstaunt.

»Den Petersplatz.«

Der Pole verzog keine Miene, so daß Maski sich genötigt sah, eine Entschuldigung hinterherzuhaspeln: »Kein guter Witz, ich weiß. Meiner Frau hat er auch schon nicht gefallen. Ich meine, vorhin, also heute morgen, als wir auf diesem Petersplatz da auf die Osterbotschaft des Papstes warteten. Das heißt: Ich fand den Witz erst gar nicht schlecht, aber dann —«, er wußte nicht mehr weiter, doch der Pole rettete ihn aus seiner Verlegenheit.

»Sie waren heute morgen auf dem Platz?«

»Ja.«

»Und? Ziemlich unsinnig das Ganze, was?«

»Na – ich weiß nicht, ob man das so sagen kann.« Maski suchte nach Worten. »Ich bin zwar kein Katholik –«

»Ach nein? Na, macht nichts!«

»– aber ich fand es sehr eindrucksvoll. Leider habe ich nicht viel mitgekriegt, wir standen ja ganz hinten, aber diese ganzen Leute auf dem Platz, und dazwischen immer diese Militärs in ihren Galauniformen, und dann dieser Kult da vorne und dazu das schöne Wetter –«

»Stimmt, das Wetter hat mitgespielt«, unterbrach ihn der Pole, »aber sonst? Ich hatte das Gefühl, das Ganze sei heute noch zäher gelaufen als sonst. Vor allem die Ostergrußе. Aber die Leute scheinen ja nun wirklich alles zu schlucken. Nicht zu fassen!«

Eine Pause trat ein, die der Pole dazu nutzte, zwei weitere Gläser zu bestellen – Maskis zweites und sein viertes –, und Maski dazu, sich eine scheinbar unschuldige Frage zurechtzulegen, die, wie er hoffte, Aufschlüsse über seinen seltsamen Gesprächspartner erbringen könnte.

»Sie wohnen in Rom?« fragte er beiläufig. »Ich meine, es klang so, als ob Sie diesem Vorgang auf dem Petersplatz schon häufiger beigewohnt hätten.«

»Häufiger?« Der Pole lachte bitter auf. »Jahr für Jahr! Ich veranstalte doch den ganzen Zauber!«

Da war der Journalist Maski plötzlich hellwach. Schon wollte er nachhaken, ob er es mit einem Zeremonienmeister des Vatikans oder einer anderen höhergestellten Person des Stadtstaates zu tun hatte, aber sein Gesprächspartner hatte noch nicht zu Ende geredet: »Ich bin doch der Papst!«

An die ersten Minuten, die diesem Satz folgten, erinnerte sich Maski auch Stunden später nur undeutlich. Nur mühsam gelang es ihm, die vielfältigen Gefühle, Gedanken und Vermutungen dieses kurzen Zeitraums zu rekonstruieren: Daß er anfangs an einen billigen Scherz geglaubt hatte. Daß er versucht gewesen war, mit »Und ich bin der Kaiser von China« zu antworten. Daß der Pole Maskis Unglauben erkannt und besänftigend einige Erklärungen und Informationen geliefert hatte, aus welchen zumindest hervorging, daß seiner überraschenden Enthüllung die Wahrscheinlichkeit nicht rundweg abzusprechen war: »Schaun Sie mal« – so hatte der Pole verständnisheischend geendet – »das kennen Sie doch selber, sonst wären Sie ja nicht hier: Irgendwann will ein Mann auch mal abschalten und sich ein bißchen ausquatschen können. Und ein Gläschen in Ehren hat ja auch noch niemandem geschadet. Obwohl ich naturlich lieber Bier und Wodka trinken wurde. Aber was meinen Sie, was dann los wäre, wenn ich mit einer Fahne in den Vatikan zuruckkäme! Terror! Also Prosecco, der

20

fällt nicht so auf, und ein Kaugummi für den Heimweg. Wollen Sie eins? Stimmt, ich auch nicht. Zu früh dafür. Noch einen Prosecco?«

Maski hatte verwirrt genickt, war dann unter dem Vorwand, er müsse mal austreten, in die wenig ansprechende Toilette der Bar gegangen, freilich nur, um einige Postkarten aus der Innentasche seines Jacketts zu ziehen, Postkarten, die er zur Mittagszeit, nach der Osterbotschaft, in einem der Andenkenstände des Vatikans gekauft hatte, in der Absicht, sie mit ironischen oder lediglich grüßenden Worten an deutsche Freunde zu versenden, und die er nun eilig nach jener einen Postkarte durchsuchte, die er eigentlich der Redaktion des ›Blättche‹ zugedacht hatte und die er, kaum daß er sie gefunden hatte, fast zitternd betrachtete: Die Postkarte mit dem Foto des derzeit regierenden Papstes Giovanni Paolo der Zweite.

Kein Zweifel – er war's. Der ältere polnische Herr, der da an der Theke der Bar »Segafredo« einen Prosecco nach dem anderen trank, war der Papst. Natürlich wirkte er auf der Postkarte ungleich beeindruckender, im Ornat, mit segnend emporgerecktem Kreuz. Aber ebenso natürlich war – und der Pole hatte das kurz zuvor auch zur Sprache gebracht –, daß ein Wojtyla nicht derart gewandet in einer Eckbar erscheinen konnte. Da empfahl sich statt der Prachtgewänder ein schlichter dunkler Anzug, der nur sehr entfernt an einen Kleriker gemahnte. Und war es denn so unwahrscheinlich, daß ein dermaßen getarnter Papst, unter dem Vorwand, er müsse noch etwas in den Vatikan-Gärten meditieren, mit Hilfe eines Nachschlüssels durch eine der vielen, normalerweise natürlich festverschlossenen Vatikan-Pforten dorthin entschlüpfte, wo es, wie er sich ausgedrückt hatte, ablief? Mußte man seine Behauptung, er offenbare sich bei solchen Gelegenheiten grundsätzlich nur Fremden, nicht wenigstens ernst nehmen? Lag nicht auf der Hand, was passieren würde, wenn ein in Rom ansässiger Italiener, beispielsweise der Besitzer der Bar, die wahre Identität des einsamen Gastes erriete? Wären Volks- und Medieninteresse erst mal geweckt – der Papst könnte weitere Ausflüge dieser Art gründlich vergessen. Schließlich: War nicht er, Maski, das beste Beispiel dafür, wie leicht es für den spätabendlichen Ausflügler war, sein Inkognito zu wahren? Wenn nicht einmal er, der Journalist, der

Aber ebenso natürlich war, daß ein Wojtyla nicht derart gewandet in einer Eckbar erscheinen konnte.

das Foto des Papstes zigmal im eigenen und in fremden Blättern gesehen hatte – von dessen TV-Auftritten ganz zu schweigen –, ihn auf Anhieb zu erkennen imstande war, wie sollten ihn da der Barmann, wie sollten ihn da die Gäste dieser trostlosen Bar durchschauen? Eben weil es für alle Welt so ganz und gar ausgeschlossen war, daß der Papst irgendwo auf ein Gläschen einkehrte, sprach eine hohe Wahrscheinlichkeit dafür, daß ein solch scheinbar aberwitziges Unternehmen gelingen konnte –: Als Maski von der Toilette zurückkehrte, war er fast sicher, daß sein Gesprächspartner ihm die Wahrheit gesagt hatte. Der ältere Pole, der da an der Bar stand und dem Barmann gerade eine weitere Bestellung aufgab, war der Papst.

Gerade wollte er sich ihm so ehrerbietig wie möglich und so selbstverständlich wie nötig nähern, da hielt er inne. Er wußte ja nicht einmal, wie er seine Zufallsbekanntschaft anzureden hatte. Eminenz? Heiligkeit? Nun hätte er gerne seine Frau neben sich gewußt, die war schließlich katholisch.

»Schade, daß meine Frau nicht dabei ist, die ist nämlich katholisch, Euer ... Euer ...«, sagte er unbedacht, doch der Pole hob abwehrend die Hände. »Keine Frauen, ich bitte Sie! Schlimm genug, daß der Papst mal einen hebt – ich meine: Schlimm genug in den Augen all dieser Heuchler, angefangen mit Ratzinger, dieser Ratte –, aber wenn man mich hier auch noch neben einer Frau erwischen wurde, dio mio!« Er lachte bitter. »Nicht daß ich was gegen Frauen hätte, im Gegenteil. Aber Sie kennen ihn ja nicht, diesen Vatikan-Klungel, sonst –«

»Klüngel«, verbesserte ihn Maski. Gleich darauf hätte er sich auf die Zunge beißen mögen.

»Nicht Klungel?« Der Pole blickte erstaunt auf. »Jetzt sage ich schon seit zig Jahren ›Klungel‹, und keiner meiner lieben, mir angeblich so ergebenen Deutschen verbessert mich. Schon gar nicht Ratte Ratzinger. Schone Freunde!« Er versank in derart brütendes Schweigen, daß Maski, alle Bedenken überwindend, zu reden begann: »Also ich fand Ihre Veranstaltung heute morgen wirklich gut, Euer … Euer …«

»Vergiß das Euer. Nenn mich Karol!«

Maski zögerte, dann gab er sich einen Ruck. »Also wie gesagt, ich bin ja Protestant und habe nicht sehr viel von Ihrem Kult da begriffen, aber trotzdem hatte ich das Gefühl, daß Sie wirklich gut angekommen sind, Karol.«

»Ich komme immer gut an, das ist ja gerade das Schlimme«, seufzte der Pole. »Aber wissen Sie auch, warum? Nicht weil ich, Karol Wojtyla, irgendwas Vernunftiges, Bedenkenswertes oder Personliches sage, sondern weil der Papst mal wieder irgendeinen Unfug abgesondert hat. Deswegen! Nicht zu fassen!«

Wieder hatte Maski das Gefühl, gegensteuern zu müssen. »Ob man das wirklich alles Unfug nennen kann?«

»Na klar ist das Unfug: Schaun Sie mal, Peter, ich war bei den Negern, ich war in Indien, ich war in Lateinamerika, ich habe das ganze unbeschreibliche Elend gesehen, diese wahnsinnige Uberbevölkerung, und was erzähle ich diesen Unglucksmenschen? Daß Gott hochstpersonlich ihnen verboten hat, beim Vogeln ein Gummi zu benutzen. Also wenn das nicht Unfug im Quadrat ist, dann weiß ich auch nicht!« Wieder lachte er bitter auf, wieder hätte Maski ihn um ein Haar korrigierend unterbrochen, dann, als das Schweigen zu lastend wurde, faßte er sich ein Herz: »Es heißt übrigens ›Vögeln‹.«

»Ach ja?« Der Pole blickte interessiert auf. »Mit den Umlauten habe ich wohl meine Schwierigkeiten, wie? Na ja, diesmal wenigstens kann ich den Fehler nicht Ratte Ratzinger in die Schuhe schieben. Wenn ich dem mit einem Wort wie ›Vogeln‹, na!! ›Vögeln‹ käme – mein lieber Herr Gesangverein! Aber –«, und nun lachte der Pole fast befreit auf, »aber wahrscheinlich kennt diese weltfremde Ratte den Ausdruck uberhaupt nicht. Mußte man direkt mal klären! Ich bin ja immer noch Pole, da darf ich ja mal die deutschen Worte etwas durcheinanderbringen, oder? Da konnte ich ja irrtumlicherweise sagen: Die Engel ›vögeln‹ statt die Engel ›fliegen‹ – Fliegen und Vögel sind in Ihrer schonen Sprache schließlich beides Flugtiere. Konnte ich doch mal verwechseln, was meinen Sie?« Der Pole lachte schallend auf. »Nichts fur ungut, Peter! Deutsches Sprak schweres Sprak! Nasdrowje!«

Da griff auch Maski lachend zum abermals gefüllten Glas. »Zum Wohle!«

»Nasdrowje sagt der Pole, der Deutsche sagt Zum Wohle!« Strahlend trank der ältere Herr, doch plötzlich spannte sich seine Miene wieder. »Also Ihnen hat es heute morgen wirklich ge-

28

fallen?« fragte er fast besorgt. »Ich meine: Ihnen als Protestant?«

Maski nickte eifrig.

»Mir ist das sehr wichtig, mal eine objektive Meinung zu horen, mussen Sie wissen. Mein Klüngel –«, er zog das ü fast genießerisch in die Länge, »– sagt mir ja nie die Wahrheit, da ich, wenn man so will, sein Brotchengeber bin, und meine braven Katholiken, na ja, die schlucken wie gesagt sowieso alles. Aber Sie als Außenstehender – Ihnen hat es also wirklich gefallen, Peter?«

»Ja bestimmt«, beeilte sich Maski zu versichern. »Obwohl ich natürlich nicht alles mitgekriegt habe und die Feinheiten schon gar nicht, da meine Frau, Katholikin, wie Sie wissen, in dieser Hinsicht wenig hilfreich war und auf meine Fragen immer nur geantwortet hat: Pst, das verstehst du sowieso nicht. Außerdem waren wir auch ein bißchen spät dran. Als wir kamen, da lief das Ganze schon, da gingen diese Leute gerade die Rampe zu Ihrem Altar hoch, zu so einer Art Abendmahl, vermute ich …«

»Kommunion«, diesmal war es der Pole, der berichtigend unterbrach, worauf Maski entschuldigend die Arme ausbreitete.

»Vergiß es, Peter!« Der Pole winkte ab. »Abendmahl, Kommunion – alles nur Worte. Worauf es ankommt, ist doch der Mensch, oder?«

Maski schwieg verwirrt. Wenn sein Gegenüber Karol Wojtyla war – und allem Anschein nach war er es –, wie reimte sich diese Tatsache mit dessen freien, fast losen Worten zusammen? Als habe er Maskis Gedanken erraten, legte ihm der Pole begütigend die Hand auf die Schulter.

»Wir duzen uns, ja? Und den Papst vergißt du mal, dobre? Sag mir lieber ganz offen, was dir heute vormittag auf dem Platz nicht gefallen hat. Das traut sich nämlich sonst niemand von der Bande« – er deutete in die Richtung der Vatikan-Mauer, die schwarz vor dem Fenster der Bar ragte. »Also. Wo hat's gehakt?«

»Na ja …«, noch immer traute Maski dem Frieden nicht so ganz, doch dann gab er sich einen Ruck. »Na gut. Wenn Sie … Wenn du meine ehrliche Meinung hören willst –«, der Pole nickte heftig, »also ich fand, das mit der Kommunion zog sich ein bißchen. Ich meine, für die Leute, die da was abgekriegt haben, war es sicher spannend, aber für den, der weiter hinten stand, gab es eigentlich wenig Action.«

Der Pole schlug bekräftigend mit der Faust auf die Bar. »Was meinst du, was ich meinen Leuten seit meiner ersten Osterbotschaft vor acht Jahren sage? Daß wir an dieser Stelle schneller werden mußten, genau das! Aber hort jemand auf mich? Ha! Statt dessen kriege ich immer zu horen: Das ist so, das muß so, das machen wir nun schon seit tausend Jahren so, das kann man nicht ändern – aber nun rede ich schon wieder, anstatt dir zuzuhoren. Prost, Peter!«

Auch Maski hob sein Glas, doch er nippte lediglich daran. Er fühlte sich gefordert, jetzt mußte er kühlen Kopf bewahren. »Aber die Musik war schön«, begann er zögernd.

»Na ja, eben Kirchenmusik«, sagte der Pole fast achselzuckend.

»Was ich dann nicht so gut fand, war der Zeppelin, der die ganze Zeit über dem Platz kreiste. Ich meine, den mit der Aufschrift ›Goodyear‹, ich weiß gar nicht, ob Sie – äh! – du den überhaupt mitgekriegt hast, Karol –«

Der Pole nickte.

»Also ich finde, solche Reklame-Gags solltest du schlicht verbieten. Dieser Zeppelin war auf jeden Fall ein Störfaktor. Ich meine, er störte ein bißchen die Weihe des Ganzen, also dieses Religiöse, was ja eigentlich dein Thema ist, wenn ich dich richtig verstehe.«

Wieder schlug der Pole ärgerlich auf den Tisch. »Mein Reden! Wie oft habe ich schon vorgeschlagen, die sollten was Religioses auf ihren Zeppelin schreiben; naturlich nicht nur, sondern auch. Aber die Firma besteht darauf, die Werbefläche ganz und gar fur sich zu nutzen. Kann man nichts machen. Die wollen halt etwas fur ihren kostenlosen Einsatz.«

»Welche Firma meinst du jetzt?« fragte Maski verblüfft.

»Die Firma Goodyear naturlich, unseren hochherzigen Sponsor.«

»Sponsor?«

»Na klar, Peter. Kostet doch alles Geld: Fernsehubertragung, Luftuberwachung, Blumenschmuck – das alles will doch bezahlt sein! Und Eintritt nehmen wir ja keinen.«

»Und das alles zahlt Goodyear?«

»Die Blumen? Nein, nein! Die hat diesmal so ein holländischer Blumenzuchter gestellt, als Dank dafur, daß ich im letzten Jahr einen holländischen Karmeliter seliggesprochen habe.

»Und das alles zahlt Goodyear?«

Zwolftausend Blumen immerhin. Kam gut, oder?«

Maski nickte eifrig.

»Aber ich kann ja schlecht auch noch den Firmengrunder von Goodyear seligsprechen. Und die Firma will nun mal Reifen verkaufen. Ergebnis: Während einer der wichtigsten Liturgien des Kirchenjahres kreist an ebendemselben Himmel, in welchen Jesus kurz darauf auffahren wird, eine Reifenreklame herum. Und ich gebe diesem schändlichen Vorgang auch noch meinen Segen. Urbi et Orbi et Goodyear! Ha! Da fragt man sich doch, wenn man seine sieben Zwetschgen beisammen hat: Was hat das alles eigentlich noch mit Religion zu tun? Zum Kotzen!«

»Ach na ja« – wieder hatte Maski das unabweisbare Gefühl, sein Gegenüber aufrichten zu müssen. »So schlimm war's nun auch wieder nicht. Ein kleiner Schönheitsfehler, aber doch kein Beinbruch! Und was dann kam, war ja wieder sehr gut, wirklich!«

»Sag bloß, du meinst jetzt meine Predigt?!« Fast hätte sich der Pole in seinem Eifer verschluckt. »Nun verrate mir mal bitte, was an dieser Predigt gut war!«

Maski wand sich etwas. Schlüpfriges Gelände! Er hatte die auf Italienisch gehaltene Predigt des Papstes ja gar nicht verstehen können. Ein deutsches Ehepaar in seiner Nähe hatte sie zwar für seine Kinder halblaut mitübersetzt, trotzdem – was hatte der Papst da eigentlich erzählt? War es nicht irgendwie um Frieden gegangen? Maski nahm sein Herz in beide Hände und versuchte es einfach mal: »Also ich fand das gut, was du über den Frieden gesagt hast. Daß das Leben besser ist als der Tod und daß Krieg, Gewalt und Terror nicht so gut sind – diese Sachen.«

Der Pole hob abwehrend die breiten Hände, rot blitzte ein großer Ring an seiner Rechten auf. »Aber das sind doch alles Allgemeinplätze! Allgemeinplätze, die zu nichts verpflichten! Diese Friedensarien kommen naturlich immer gut an, aber nicht alles, was gut ankommt, ist auch wirklich gut.« Er trommelte nervös auf die Bar. »Und ganz schon verlogen war's außerdem«, setzte er hinzu.

»Verlogen?«

»Zutiefst verlogen. Schau mal: Gerade haben die Amis, die im Mittelmeer ja nun wirklich nichts verloren haben, diese libyschen Patrouillenboote in der Großen Syrte versenkt und die libyschen Raketenstellungen beschossen – und da stell ich mich hin und geißle den Terrorismus. Na – wenn das nicht verlogen ist, weiß ich auch nicht!«

»Moment!« Jetzt war der Journalist in Maski hellwach. »Hast du von Terror geredet oder von Terrorismus? Ich meine: Terror könnte man ja auch auf die Amerikaner beziehen, erst Terrorismus hätte eine deutliche antilibysche, sprich proamerikanische Spitze. Also wie nun? Was hast du gesagt, Karol?«

»Terrorismus naturlich, Peter.« Der Pole packte Maski am Revers. »Versetz dich doch mal in meine Lage! Ich mach da diese Zeremonie. Vor mir, in der ersten Reihe der Ehrengäste sitzen der amerikanische Botschafter beim Heiligen Stuhl William Wilson und Ehefrau. Neben ihnen: Der amerikanische Außenminister George Shultz und seine katholische Ehefrau Helena, beiden habe ich bereits eine Audienz gewährt, alle miteinander werde ich nach dem ganzen Zauber vor aller Augen segnen und grußen – da sagt man doch nichts gegen die Amerikaner, auch wenn sie es tausendmal verdient haben. Da baut man in seine Rede doch lieber einen Tritt gegen Herrn Gaddafi ein. Das kostet nichts und bringt was. Schließlich gibt es in den USA Millionen Katholiken und in Libyen null. Da mußt du eben mit den Wolfen heulen, Peter, ob du willst oder nicht!«

»Aber doch nicht als Papst, Karol!« Nun redete Maski furchtlos und frei von der Leber weg. »Ich meine, du als Papst stehst doch rangmäßig über diesen ganzen Außenministern. Du hast doch das absolute Sagen! Bist du nicht überhaupt unfehlbar?«

»Ach was! Das ist doch auch nur eine dieser Behauptungen, die interessierte Kreise mal auf Verdacht in die Welt gesetzt haben, so nach dem Motto ›Frechheit siegt‹.«

»Interessierte Kreise?«

»Peter, ich bitte dich – diese ganze Unfehlbarkeitskiste hat doch der gleiche Klungel ausgekungelt, der –«

»Klüngel!«

»Klüngel! Naturlich!« Der Pole lachte grimmig. »Da kannst du mal sehen, wie unfehlbar ich bin. Nicht mal die einfachsten Umlaute spreche ich richtig aus, nicht einmal die!«

»Aber Karol!« Maski hob besänftigend die Hände.

»Falsche Umlaute sind doch nicht die Welt! Ich meine –« Doch der Pole unterbrach ihn. »Apropos Welt! Wir sind ein bißchen vom Thema abgekommen, Urbi et Orbi und so. Du wolltest mir doch erzählen, wie ich heute morgen gewesen bin. Wo waren wir eigentlich stehengeblieben? Ach ja, richtig! Die Predigt! Alles in allem nicht so doll, oder?«

Verlegen zupfte Maski an seinem Kinn, doch der Pole war glücklicherweise noch nicht am Ende. »Schreibe ich ubrigens auch nicht selber, ich konnte diese ganzen Sachen uberhaupt nicht so ungebrochen formulieren … Pasqua – cioè passagio …«

Der Barmann blickte mürrisch auf. »Wie bitte?« fragte Maski.

»Vergiß es, Peter. Eins von den Wortspielen, die mir mein Klüngel diesmal in die Rede reingeschrieben hat. Schwer zu ubersetzen: Ostern bedeutet Ubergang – ne. Kommt nicht ruber. Muß auch nicht. Pasqua – Passagio – reine Alliterationsklingelei. Hätte ich nicht unbedingt mitmachen mussen. Findest du nicht auch?«

Wieder mußte sich Maski mit einem hilflosen Lächeln begnügen.

»War es sehr schlimm, Peter?« fragte der Pole fürsorglich.

»Was, Karol?«

»Na ja – sich so eine Predigt mitanhören zu mussen, während man sich die Beine in den Leib steht? Du hast doch gestanden – oder?«

»Ja. Ganz hinten.«

»Ach ja? Du Armer!« Der Pole lachte bitter. »Na ja – die Sitzplätze vorn waren ja auch fur Shultz und Konsorten reserviert. Der italienische Außenminister Andreotti durfte sogar seine sechsjährige Enkelin Julia in der ersten Reihe postieren. Und morgen« – der Pole überlegte –, »nein, ubermorgen, morgen ist ja Pasquetta« – wieder hielt er inne, diesmal weil er Maskis fragendem Blick begegnet war. »Ostermontag«, sagte er erklärend. »Morgen erscheinen also keine Zeitungen, aber ubermorgen, da konnen dann meine wackeren Katholiken in den USA und die braven Christdemokraten hierzulande diese reizenden Fotos in den Journalen bewundern, auf denen ich Außenminister samt Frauen und Kinderlein segne, und das bringt wieder ein paar Wählerstimmen oder Vatikan-Touristen. Und ich mache den

40

ganzen Schwindel auch noch mit!« Der Pole schüttelte grimmig den Kopf. »Schone Christdemokraten, diese Ehrengäste! Sitzen dick und fett in der ersten Reihe, während jemand wie du hinten stehen muß! Da frage ich doch mal ganz direkt: Hat das noch was mit Demokratie zu tun? Oder gar mit Christentum?«

Maski schwieg verwirrt, da erlöste ihn der Pole aus seiner Verlegenheit. »Entschuldige, Peter, ich wollte dich doch nicht mehr mit meinen Problemen behelligen. Sprechen wir lieber uber deine: Du hast also die ganze Zeit uber ganz hinten gestanden. Hast du da uberhaupt was mitgekriegt? Ich meine, optisch?«

»Doch, doch. Zuerst habe ich freilich nicht so recht gewußt, wer von den ganzen Pfarrern –«

»Priestern.«

»Ach ja? Ja – also wer von den ganzen Priestern eigentlich du warst –«

»Das wurde nicht deutlich?«

»Nur am Anfang nicht. Dann hat mir meine Frau gesagt: Der da mit dem spitzen Hut, der ist es.«

»Der mit der Tiara.«

»Mit was?«

»So nennen wir diese Art Hut. Nur ein Fachausdruck. Vergiß ihn, Peter: Und dann?«

Maski überlegte einen Augenblick. »Ich will dir nicht in deine Angelegenheiten reinreden«, begann er dann, »aber –«

»Immerzu, immerzu! Was heißt denn hier: meine Angelegenheiten? Als Stellvertreter Christi auf Erden bin ich doch verdammt noch mal fur die Menschen da. Oder etwa nicht? Also! sprich ohne Scheu, mein Sohn – äh! Peter!«

»Also das mit dieser Ti… Ti…«

»Tiara.«

»Mit dieser Tiara, das fand ich schon gut, aber auf die Entfernung geht sie doch sehr unter. Und da dachte ich: Vielleicht könnte man deinen Hut noch einen Tick auffälliger machen. Also größer und auch farbig noch etwas akzentuierter.«

»Hat was!« Der Pole nickte Maski aufmunternd zu. »An welche Farbe hattest du denn gedacht?«

»Ich weiß auch nicht. Rot vielleicht?«

»Hm …« Der Pole leerte sein Glas zügig und schob es dem Barmann hin. »Rot … Nein, das konnte zu Mißverständnissen fuh-

»Also das mit dieser Ti… Ti…«
»Tiara.«

ren, gerade hier in Italien, mit dieser starken
PCI –«

»Wer?«

»Ach – so nennen sich unsere braven Kom-
munisten. Lasche Bande ubrigens. Na ja. Aber
irgendein Farbsignal wäre sicher nicht schlecht.
Und dann?«

Maski dachte angestrengt nach. Um Zeit zu
gewinnen, schob er ebenfalls dem Barmann
sein Glas hin. Was war eigentlich nach der Predigt gekommen? Ach ja! Die Osterglückwünsche! Er prostete dem Polen zu. »Du – super,
deine Osterglückwünsche! Diese ganzen Sprachen! Wie du die alle auseinandergehalten hast
– wirklich klasse!«

»Na ja … neunundvierzig Sprachen …« Der
Pole senkte bescheiden den Kopf, doch Maski
kam es so vor, als ob heimlicher Stolz in seiner
Stimme mitschwinge. »Letzte Weihnachten
hatte ich zwei mehr: Einundfunfzig: Person-
licher und absoluter Papstrekord. Diesmal bin
ich etwas druntergeblieben. Fiel nicht auf?«

»Überhaupt nicht!« beeilte sich Maski zu
versichern. »Ich habe natürlich nicht mitgezählt bei den Sprachen, aber mir kam es endlos
vor.«

45

»Zu lang das Ganze?« fragte der Pole besorgt.

»Nein, nein!« Maski winkte aufgeregt ab. »Ich habe mich da falsch ausgedrückt. Im Gegenteil – war spannend! Ich habe mir dauernd die Frage gestellt: Welche Sprache hat er denn jetzt noch drauf?! Also wie du das geschafft hast, ist mir ein Rätsel, ehrlich!«

»Ach weißt, du, Peter, wenn man das alles so vom Blatt liest …« Wieder senkte der Pole bescheiden den Blick.

»Blatt hin, Blatt her!« rief da Maski aus. »Worauf es doch ankommt, sind doch Aussprache, Artikulation, Intonation und all das! Und da warst du wirklich Spitze, soweit ich das beurteilen konnte. Ich meine –« Fast erschrokken hielt Maski inne. »Hoffentlich fragt er mich jetzt nicht nach meinen Sprachkenntnissen!« dachte er.

Doch der Pole hatte gottlob andere Sorgen. »Und das Afghanische hast du wirklich nicht vermißt!«

»Ich? Nein, nein? War denn das Afghanische nicht dabei?«

»Weihnachten hatte ich es noch drin gehabt. Ein furchtbarer Zungenbrecher. Und da habe

46

ich mir einfach gesagt: Ist egal, Karol. Weg mit Schaden! Und weg mit dem Laotischen, dem Urdu, dem Bengalischen und dem Turkischen. Wenn schon Zungenbrecher, dann doch lieber Sprachen, die auch von meinen lieben Katholiken gesprochen werden, und nicht solche, in denen Muselmänner, Hindus und Buddhisten ihre schändlichen Gotzenbilder anzubeten pflegen.« Ein Augenzwinkern begleitete diese Worte.

»Nicht ganz ernst zu nehmen«, begriff Maski, und furchtlos stellte er die Frage, die ihm seit geraumer Zeit durch den Kopf ging: »Das verstehe ich jetzt nicht, Karol. Wenn du deine Weihnachtsbotschaft in einundfünfzig Sprachen gesprochen hast –«

»Ja?«

»Und wenn du – vorausgesetzt, daß ich richtig mitgezählt habe – heute fünf Sprachen weggelassen hast –«

»Ja?«

»Dann macht das doch nach Adam Riese sechsundvierzig Sprachen.«

»Ja.«

»Aber vorhin hast du doch noch von neunundvierzig Sprachen geredet. Ich meine: in bezug auf deine heutigen Ostergrüße.«

47

Die Miene des Polen verdüsterte sich. »Wieder geirrt«, seufzte er. »Und so was will nun unfehlbar sein! Ein schoner Papst, wie? Fehlt nur noch der Henkel zum Wegwerfen, was?« Ein weiteres Mal wollte Maski gegensteuern, doch urplötzlich ging ein spitzbübisches Schmunzeln über das Gesicht des Polen.

»Wie wäre es mit folgender Gegenrechnung: Der Papst läßt funf Sprachen weg und nimmt statt dessen drei neue dazu, das Luxemburgische, das Estnische und das Hebräische. Zu welchem Ergebnis kommen wir denn dann nach Adam Riese? Oder nach Peter Zwerg?« Wieder lachte er auf, dann aber, wie um den Entschuldigungen Maskis zuvorzukommen, sagte er ernst: »Du, Peter, vollkommen in Ordnung, wenn du nicht jedes Wort von dem glaubst, was dir angeblich von Gott eingesetzte Autoritäten so alles erzählen, vollkommen in Ordnung! Wenn mein Klüngel –«, und nun zog er das Ü, bis ihm fast die Luft auszugehen drohte, »– wenn der nur ein bißchen von diesem gesunden Widerspruchsgeist hätte, dann mußte ich nicht jemanden wie dich noch zu so später Stunde an einem solch ungemutlichen Ort mit meinen Problemen behelligen.

Wenn! Aber wie sieht die Wirklichkeit aus? Ratte Ratzinger wurde sich eher in den Schwanz beißen, als mal den Mund in meiner Gegenwart aufzumachen. Statt dessen verbietet er lieber anderen Leuten das Reden. Zum Beispiel diesem prächtigen Boff — schändlich, Peter, ganz schändlich!«

»Boff?«

Der Pole spreizte begütigend die Finger seiner mächtigen Rechten. Gleißend flammte der Stein am Ringfinger auf.

»Leonardo Boff. Der Name ist ein bißchen daneben, zugegeben, aber der Typ ist in Ordnung. Theologie der Befreiung, diese Richtung. Nie gehort?«

Maski schüttelte verneinend den Kopf.

»Na, macht nichts. Da muß man wahrscheinlich schon Katholik sein, um solche Feinheiten zu begreifen und wurdigen zu konnen. Nicht dein Bier, Peter, weiß Gott nicht!« Der Pole blickte auf die Uhr. »Oh, du meine Gute! Schon dreiundzwanzig Uhr durch. Ich muß wieder ruber!« Er deutete auf die schwarze Mauer des Vatikans, als Maski, der bereits wiederholt nur mühsam von Korrekturen Abstand genommen hatte, dieser Ballung falscher Umlaute denn

49

doch entgegenzutreten sich verpflichtet fühlte:
»Güte. Du meine Güte. Und: rüber.«

»Ach ja? Danke, Peter! Du meine Güte! Ich
muß mich spüten!«

»Sputen!«

In komischer Verzweiflung schlug der Pole
die Hände vors Gesicht. »Was fur eine Sprache!« stieß er hervor. »Langsam toten sie mir
den Nerv, eure Umlaute!«

»Töten.«

Erschrocken ließ der Pole die Hände sinken.
»Sag mal, Peter, aber nun mal ehrlich: Habe ich
heute morgen auf dem Platz auch Mist ge-
baut?«

Maski blickte verständnislos: »Mist?«

»Umlautmist. Wie heißt es denn nun im
Deutschen: Fröhliche und gesegnete Östern?
Oder: Frohliche und gesegnete Ostern? Oder:
Frohliche und gesegnete Östern? Oder: Fröh-
liche und gesegnete Ostern?«

»Genau so«, sagte Maski.

»Wie?«

»Wie du zuletzt gesagt hast.«

»Und was habe ich heute morgen gesagt?«

Ja was? Maski senkte nachdenklich den
Kopf, vorgebeugt starrte ihn der Pole an.

Irgendwas mit Ostern war es natürlich gewesen, auch »gesegnet« war in dem Gruß vorgekommen, doch hatte der Redende nun fröhlich gesagt oder frohlich? Da plötzlich erinnerte sich Maski. Hatte er den Volontären beim ›Blättche‹ nicht immer wieder gepredigt, Klassejournalismus sei fünfzig Prozent Beobachtungsgabe plus fünfzig Prozent Gedächtnis? Nun lieferte er die Probe aufs Exempel, und er war stolz darauf. »Hm«, begann er betont langsam, »wenn mich meine Erinnerung nicht trügt, hast du gar nichts dergleichen gesagt – jedenfalls nichts mit fröhlich oder frohlich.«

»Nein? Dio mio! Was dann?«

Maski starrte leidend auf die Bar.

»Was dann?!« fragte der Pole drängend.

Maski machte eine unbestimmte Handbewegung.

»War es so schlimm?«

Da fand Maski, daß das grausame Spiel nun schon lange genug gedauert habe, und lachend lenkte er ein: »Karol, du hast mich vorhin geleimt, eben habe ich mir eine Retourkutsche gestattet, jetzt sind wir quitt. Ich kann dir hiermit feierlich versichern, daß du heute morgen

51

perfekt warst. Weißt du denn wirklich nicht mehr, was du gesagt hast?«

»Nein, Peter!«

»Frohe und gesegnete Ostern.«

»Und das ist korrekt?«

»Hundertprozentig!«

»Da fällt mir aber ein Stein vom Herzen! Schonen Dank, Peter.«

»Du, Karol, nichts zu danken, wirklich nicht!«

Wann? Wo? Wer? Was? Nachdenklich blätterte Maski in seinen Notizen, da ließ ihn ein Geräusch aufblicken. Ostentativ klirrend rückte der Barmann Gläser und Tassen zurecht, unschwer erkannte Maski, der nunmehr letzte Gast, daß der Alte schließen wollte. Mächtig gähnte die Kassiererin auf. Eilig machte Maski eine beruhigende Handbewegung, angestrengt versuchte er, sich zu erinnern. Was war da eigentlich noch gewesen? Nicht mehr viel … Der Pole hatte nochmals auf die Uhr gesehen und abermals bedauert, daß er gleich verschwinden müsse. Ach ja – wie er, Maski, denn den lateinischen Segen am Schluß gefunden habe, Urbi et Orbi und so. Stark. Nicht zu alt-

»Schonen Dank, Peter!«
»Du, Karol, nichts zu danken!«

modisch, so nach dem Motto »Tote Sprache –
tote Hose«?

Überhaupt nicht, gerade diese alten Sachen
kämen ja heute wieder gut an, auch bei jünge-
ren Menschen, siehe Jugendstil. Ob ihn, Maski,
sonst noch was gestört habe? Na ja, der Beifall
vielleicht. Dieses Klatschen nach der Predigt
und nach den Osterbotschaften. Das nehme
dem ganzen – fast hätte Maski das Wort »Zir-
kus« benutzt, erst im letzten Moment war er
auf »Zauber« ausgewichen –, dem ganzen Zauber ein bißchen diese Weihe, die man mit so
was verbinde, also mit Ostern, Rom und Papst.
Kopfnickend hatte der Pole diesen Worten zu-
gehört.

Wieder klapperte der Barmann, jetzt zeigte
er auch noch zusätzlich auf seine Uhr. Eilfer-
tig setzte Maski das immer noch halbvolle
letzte Glas an, zügig trank er. Was noch? Ach
ja! Plötzlich, nachdem er sein, wie er ver-
sicherte nun wirklich allerletztes Glas geordert
hatte, war der Pole in brütendes Schweigen
versunken, hatte dann erneut – diesmal aller-
dings kaum verständliche – Selbstanklagen aus-
gestoßen: daß er es leid sei, den Hampelmann
für die Mächtigen und den Weihnachtsmann

für die Dummen zu spielen; doch auf die Frage Maskis, warum er denn den offensichtlich ungeliebten Beruf weiter ausübe, hatte er seufzend geantwortet, erst mal habe er ja nichts Vernünftiges gelernt, könne also auf keinen anderen Beruf ausweichen – und außerdem: »Wann komme ich als Pole nochmals so gunstig nach Italien? Und auch sonst in der Welt rum?« – ja, und zweitens sei es für einen Papst unmöglich, sich innerhalb seines Berufes versetzen zu lassen, höher ginge es nicht mehr, und runter dürfe er nicht – »Wäre das erste Mal seit 2000 Jahren, Peter, kannst du vergessen« –, na und drittens wolle er bei Licht betrachtet auch oben bleiben, das sei schon eine tolle Sache: »Zweihunderttausend Leute auf dem Platz, und alle warten darauf, was du diesmal wieder bringst. Eigentlich prima, vorausgesetzt, du kannst die Sache so verkaufen, wie du es im Gefühl hast, und du kannst die Texte bringen, die dir wichtig sind, und nicht die, die dir dein Klungel –«

»Klüngel!«

Da hatte der Pole abrupt auf die Bar geschlagen, »Ich lern's nie!« gestöhnt, und dann, nach einem für Maski unverständlichen Wortwechsel mit dem Bar-Personal und zwei anderen Gästen und nach einer unerwarteten Umarmung, einem herzlichen Händedruck und der Andeutung eines Segens, den der Pole freilich rasch mit den Worten abbrach »Entschuldige, Peter, du bist ja von der anderen Truppe« –, nach einigem undurchsichtigen Hin und Her also war der seltsame Gast ins Freie getreten, hatte er die Straße überquert und war von der dunkel ragenden Vatikan-Mauer verschluckt worden.

Nochmals Gelärme vom Barmann, nur unwillig wandte Maski den Blick von seinen Notizen. War da noch was gewesen? Nein. Hatte er alles im Sack? Hastig blätternd vergewisserte sich Maski, daß er wirklich alle wichtigen Stationen des einstündigen Gesprächs festgehalten hatte. Heiß durchflutete ihn wieder die Begeisterung dessen, der unerwartet auf einen Schatz gestoßen ist: Das glaubt mir kein Mensch! Wahnsinn! Gleich morgen früh mußte er das Ganze auf die Reihe bringen, noch von Rom aus wollte er mal zwanglos beim ›Spiegel‹ vorfühlen, ob der –

Erneutes, nun schon beinahe schmerzhaftes Gelärme und Geklapper. Maski schloß seinen

Block, winkte begütigend und trat an die Bar. »Zahlen«, sagte er. »Pagere«, fügte er unsicher hinzu. Der Barmann vertiefte sich in einem Zettel, sein Kugelschreiber fuhr diverse Striche auf und ab, dann, nachdem er einen Schnörkel unter das Ganze gesetzt hatte, überreichte er den Zettel, den er mit Maski unverständlichen Worten kommentierte.

Der legte einen Zweitausend-Lire-Schein auf die Theke. Der mußte ja wohl für das eine Glas reichen.

Die unverständlichen Worte mehrten sich, doch es dauerte geraume Zeit, bis Maski begriff, daß nicht nur das letzte Glas noch nicht bezahlt war, sondern sämtliche an diesem Abend getrunkenen Prosecco-Gläser noch offenstanden, seine und die des Polen. Immer wieder umkreiste der Kugelschreiber des Barmanns das, was Maski anfangs für einen Schnörkel gehalten hatte und sich nun als Zahl entpuppte: Vierzehn.

Der Kugelschreiber des Barmanns klopfte die Striche ab, Maski nickte ergeben. Er hatte begriffen, doch er begriff wie gelähmt. Der Pole hatte also doch nicht bezahlt. Seine Rechnung nicht, nicht die seines Gastes – oder war

Er begriff wie gelähmt.

er, Maski, gar nicht von ihm eingeladen worden? In seiner Erinnerung stellte es sich ihm so
dar, doch auf einmal begann Maski seiner Erinnerung zu mißtrauen.

»Ja, ja«, sagte er fahrig. »Si. Pagere.«

Der Barmann rief der Kassiererin etwas zu,
die bediente eine Tastatur, sogleich leuchtete
eine grüne Zahl auf: 20 400 Lire.

Rund dreißig Mark, errechnete Maski, ganz
schön teuer, dachte er, erschreckt durchmu-
sterte er sein Portemonnaie: Glück gehabt! Da
war ja noch ein Fünfzigtausend-Lire-Schein. Er
reichte ihn der Kassiererin.

Schon wollte er gehen, da rief sie ihn barsch
zurück. »Lo scontrino!« Sie hielt ihm einen
Kassenzettel entgegen. Maski hob abwehrend
die Hände. »Lo scontrino!« wiederholte die
Kassiererin und winkte ihm so herrisch zu, daß
er ergeben den Zettel in Empfang nahm. »Die
spinnen, die Römer!« dachte er dabei.

Als Maski auf die Straße trat, war seine Begeisterung gänzlich verflogen. Daß der Pole
nicht gezahlt hatte, ließ ihn das gesamte Gespräch plötzlich in einem anderen Licht sehen.
Noch weigerte er sich, seine Ahnungen in Worte zu fassen, doch schon war ihm sein Ge-

sprächspartner in Gedanken nicht mehr »der Papst«, sondern »dieser angebliche Papst«. Da aber, er näherte sich dem Hoteleingang, durchflutete ihn mit einem Male wieder heiße Freude. Das war doch der Papst gewesen! Natürlich! Wer, wenn nicht ein Papst, der sonst niemals zum Portemonnaie zu greifen hat, ja wahrscheinlich überhaupt keines besaß – wer, wie gesagt, wenn nicht ein Mann, dem jede praktische Lebenserfahrung abging, hätte sich, offenbar ohne Geld, dafür offensichtlich voller Gottvertrauen, derart selbstverständlich in eine Bar gewagt und eine derart stattliche Zeche gemacht? Wann hätte ein Papst denn überhaupt jemals irgendwo für irgendwas bezahlt? Hatte er dafür nicht seinen Klüngel? Und machte es nicht geradezu den Papst aus, daß er immer nur empfing – Gelder, Geschenke, Gläubige – und nie gab? Also weg mit dem Mißtrauen – umgekehrt wurde ein Schuh draus: Hätte der Pole gezahlt, er wäre nicht der Papst gewesen. Jawohl!

Begeistert betrat Maski das Hotel. Was seine Frau gleich für Augen machen würde! Maski glühte: »Ich und ihr Oberster Hirte eine geschlagene Stunde lang in einer Eckbar bei Prosecco satt – die glaubt mir kein Wort! Wahnsinn!«